仙人掌の花

Arai Megumi

荒井慈句集

ふらんす堂

俳諧の道ひとすぢや寒明くる　公彦

仙人掌の花✝目次

句集 仙人掌の花

近江の海

近江の海ビュッフェの線の魞を挿す

梅真白けぢめ大事に生きにけり

涅槃図や生老病死諸へり

山寺の鐘の音とどく春田かな

啓蟄や禅智内供の鼻の先

春の川映るものみな曲がりけり

天智天皇治めし民の野焼かな

比良比叡まなかひに野火走りけり

春動く白い御飯に生卵

筆まめの母の便りや蜆汁

パンジーの最大公約数は黄
蒲公英や平城京の渡来人

陵の寄らば大樹と百千鳥

阿修羅像の涙ぶくろや春の星

孔雀の羽のお歯黒筆や春愁

毘沙門天の怒相のゆるぶ朧かな

逃水や牛若を追ふ武蔵坊

スキャットのトルコ行進曲蝶乱舞

昼の月白木蓮のゐくぼかな

井戸水で淹れるコーヒー諸葛菜

梵字池お玉杓子の進化かな

住職のオルガンひびく花御堂

蜃気楼貝の中からかぐや姫
天上の楽の音ひびく滝桜

幾何学模様のクレーの駱駝かげろへり

落日のしばらく花に埋もれけり

十三詣母とわたりし渡月橋

一枚起請文父に習ひし法然忌

キトラ古墳玄武の亀の鳴きにけり

万緑や大仏殿の金の鴟尾

近江富士俵藤太の大百足

筍を仏師の顔で剝きにけり

真偽問ふ円空仏や蕗の雨

蚕豆や歌詠み憶良子沢山

さくらんぼ右往左往のかくれんぼ

八橋の風のジグザグ杜若

ダ・ヴィンチの遠近法や夏霞

手際よき母のバリカン麦の秋

ブラウスのライオン吠ゆる青嵐

ハーモニカ上手な父やみどりの夜

青蚊帳に祖母の作法を倣ひけり

鳩時計の鳩の引つ込む五月闇

小判草どんぶり勘定通しけり

耳聡き聖徳太子アマリリス

早苗饗や手に入りたる飛鳥の酥

藤英会クラス会

篝火に闇動き出す鵜舟かな

鵜飼果つ水の匂ひのもとの闇

光の輪糸にからめてレース編む

羅や重ぬる嘘の帯二重

足場組むとびの気合や朝曇

仙人掌の花の三三七拍子

高僧の色衣にまぎる鳳蝶

青東風や文机に置く宗祇水

バス停めて時間調整青田風

大黒様にすがる因幡の羽抜鳥

立体曼陀羅に極楽の風涼し

白蓮や法衣の父の在るごとし

雲の峰指で音消すティンパニー

八月や少年の手の白き鳩

盆踊人の輪人の和を為せり

朝顔や叱られてゐる次男坊

生身魂額の曲りを正しけり

四角西瓜箱入娘の希少価値
桔梗や京のおせんべ「ひとしれず」

新涼や心通へる友の文

白芙蓉白寿の文字に乱れなし

コスモスや左手だけのピアニスト

鉦叩アンサンブルは苦手かな

酔芙蓉風の介錯拒みけり

湖東三山仏国浄土曼珠沙華

爽やかや木の癖を読む宮大工

白龍図の耳ピンと立つ秋気かな

秋の風鈴人の心に寄り添へり

よき顔の年寄り集ふ仏掌薯

鮎落ちて四万十の空との曇り

四万十川の水底透ける草紅葉

秋草や加賀友禅の袖袂

吉野太夫忌歩をおもむろにフラミンゴ

若き日の魁夷の童画小鳥来る

文字のなき絵本饒舌星月夜

長岡京のまぼろし囲ふ稲架襖

斑鳩の案山子小ぶりや袖を振る

猫じやらし風大名の毛槍かな

法隆寺柿の奈良漬買ひにけり

相撲草大岡裁きの母ごころ

天狗茸ガレのランプになりすます

母の呼ぶ声より暮るる里の秋

近江路の仏に会ひにゆく小春

冬紅葉湖北に在す観世音

茶の花や感謝の漢字画多し

冬ぬくし掌で繰る大念珠

イチローの動体視力神渡し
運慶の鑿の滑りや鎌鼬

冬灯またたきもせず湖を守る

しぐるるや宗祇芭蕉の終焉記

五条大橋牛若丸の笛冴ゆる

弁慶の鉄の高下駄京師走

鷹一羽一樹の景を引き締むる

竿一本で動かす池の氷かな

水仙や背筋伸ばして抜衣紋

声明に和す風花の散華かな

洗浴偈父と唱へし柚湯かな

霜強し父の笑顔の翁面

半畳を入れて畳屋日短

雲龍の蛇腹をたたむ屛風かな

ハチャトゥリアンの剣の舞や年迫る

落し物の手袋印を結ぶかな

母がりや鈍色の海雪もよひ

禁句吐きひびを繕ふ葛湯かな

方丈の市松白砂冬銀河

満面の笑みのはみ出す初写真

福笑ピカソの試行錯誤かな

雄鶏のとさか乾ぶる寒の菊

寒鮒や近江商家に田舟入る

片髭の猫のまどろむ春隣

蝦蛄葉仙人掌火の鳥舞はす万華鏡

巡礼行

白梅や愛のコリント十三章

藷の薹神の息吹の苦きかな

魔鏡の秘むるキリスト像や冴返る

「恐れるな」神の肩押す絵踏かな

雁風呂や海のにほひの髪を梳く

あたたかや気仙沼語の聖書訳

ハーバードに女性学長春一番

フォーレのピアノ光と遊ぶ雪解水

いつのまに切れし電池や蝶の昼

くノ一や闇に沈丁香を殺す

角立てて己が砦を守る栄螺

大鯉のゆるりと春の刻まはす

リラ冷えや胸にクルスのある安堵

3D映画のエッフェル塔や春霞

目借時度数の合はぬ眼鏡かな

藤月夜飼猫を呼ぶ女声

いか墨スパゲッティ原罪すける春の闇

白いチューリップ天使の羽へ御用達

江戸古地図八百八町囀れり

葱坊主ひとの話をよく聞けり

花の昼金平糖の量り売り

花の闇銀の鱗の夜叉の衣

喪心に添ふ白藤の翳りかな

桜蘂降る歌詠みの性果てしなき

絵蠟燭のアルファァとオメガ復活祭

春の雪卒寿の媼受洗せり

しあはせの二乗三乗八重桜

行く春の音立て崩れ万華鏡

くわんおんも聖母も老いずかすみ草

みどりさす谷間に白き天主堂

聖地巡礼闘牛の血とイエスの血

新緑や初聖体の子の白衣

聖五月涙の母を描く子かな

地球儀のジグソーパズルみどりの夜

女人高野音立て落つる桜の実

聖骸布に鞭打ちの痕青あらし

壺に秘する死海文書や夏の月

日の愛撫風の愛撫に倦む牡丹

標本の回心したる蝮かな

四万六千日三千世界往還す

鬼子母神知るやアセロラソーダ水

滝壺に業の渦まく真暗がり
歩き出す自由の女神巴里祭

夜光虫開けてしまひし玉手箱

夏の霜ファドの流るる石畳

沈黙の神の託せし落し文

仙人掌の花自分が好きになりにけり

横顔に自信ありけり熱帯魚

皺深きマザー・テレサの日焼かな

空蟬やイエスの衣縫ひ目なし

ダリア真つ赤ヨハネの首を所望せり

油照地獄の門のアダム・イヴ

原罪の闇に光や花ユッカ

本来の自分に戻る冷奴

涼しさや新幹線の紺と白

星涼し天使のうたふアヴェ・マリア

神の来臨高らかにエンジェルストランペット

よき旅の終りの髪を洗ひけり

秋澄むやルルドの水の湧く岩屋

白萩のこぼれて小さき者受洗

洗濯ばさみポロポロくだけ原爆忌

聖　堂　に　快　き　風　聖　母　祭

花野風小さき手回しオルゴール

鉦叩重きくびきを解かれけり

木槿八重高慢の鼻持たずけり

世阿弥忌や雨を降らしし癋見面

切取り線に入れる鋏や法師蟬

鵙高音ベートーヴェンの鐙骨

ニュージャージーの一期一会の秋蛍

性に合ふ異国の暮し馬肥ゆる

早足のニューヨーカーや秋の風

自由の女神の太き腕や豊の秋

満月やジキル・ハイドの影重ね

サンチャゴ巡礼ジーパンの裾ぬらす露

百歳の銀杯みたす菊の酒

阿夫利嶺を揺るがす神鼓秋高し

東京の未来図胸に帰燕かな

十六夜や狛犬爪を磨きをり

コスモスや天使のとほる風の黙

星飛ぶやティンカーベルの金の杖

マリー・アントワネットの秘密の部屋や石榴の実

皂角子やマティスの躍る切り紙絵

地下聖堂のオルガンの音や小鳥来る

聖変化侍者の鈴ふる秋気かな

ななかまど殉教の血の叫びかな

稲妻や磔刑のイエス勝利せり

釣瓶落しロンドン橋の落ちにけり

丹頂や法王様の緋のキャップ
カトレアの大口アアレルヤの大合唱

枇杷の花心底人の許せざる

ユダ同席の最後の晩餐暖鳥

冥界をさ迷うて来し帰り花

冬麗や夢を詰め込む旅鞄

冬北斗思考回路の整へり

シャガールのヴァイオリンの音冬銀河

鎌倉に殉教者あり竜の玉

枯蓮や弁財天の楽に揺れ

狐火や銀河鉄道一巡す

冬天へ鋼の翼京都駅

にごり湯に沈むる恋や雪女郎

山眠る猫目虎の目蛇紋石

室の花使ふあてなきパスポート

毛糸帽癌に克つ笑み絶やさざる

星の王子のバオバブの木やカリフラワー
無伴奏チェロ組曲や雪乱舞

煮凝や三島由紀夫の死の美学

凍蝶の懺悔の翅をたたみけり

ハチ公の片耳立てて聴く聖歌

思ひ出をひもとく聖樹飾りけり

声かけて交はす笑顔やクリスマス

蒼天に飛行機雲の吉書かな

初弥撒やイザヤの預言朗読す

ニュートンの万有引力寒卵

神の的はづすが罪や寒昴

冬霞黒いマリアの涙ぐむ

レーザーの夢光線や蝦蛄葉仙人掌

湘南の海

寛　誕生

産声に金縷梅の黄の綻べり

平均台の真ん中に春立ちにけり

肺活量多き大仏冴返る

実朝忌鎌倉の海鳴り止まず

春潮や弁財天のコロラトゥーラ

賽銭箱にひびく妙音うららけし

ガンジスや沐浴の子の陽炎へり　康治

お下がりの制服映えて卒業す　幸恵

春一番スカイツリーを踏ん張らす

逆光に少年の座すシクラメン

ひとりでもみんなとゐてもチューリップ

待合室にひとりとなりぬ春の風邪

春昼の象の欠伸やコントラバス

亀鳴くやナビのもの言ふ炊飯器

目刺焼く昭和のままのサザエさん

かすみ富士江の島丼の卵とぢ

北斎の波音を聞く松の芯
寄する波引く波春のワルツかな

あたたかや鳩サブレーの点と線

みどり児の百面相や山笑ふ

スケボーの少年春光をひるがへす

落椿ぽかんと口を開けてをり

開花宣言聞くや銀座の交差点

四阿に五つのベンチ百千鳥

養花天楊貴妃おそふ偏頭痛

花むしろ手品の種を落としけり

モナ・リザの秘むる下絵や春の闇

広重のうけ口美人春三日月

春の夢蕉翁と巻く歌仙かな

江の島を膨らませたる若葉かな

心音のごと聞く波音や聖五月

柏餅たまたま家族揃ひけり

葉桜や子の口笛の祖父に似る

万太郎忌ことばの芸の果てしなき

蛍袋しまひ込んでも出る涙

男梅雨弁天橋を渡りけり

書棚の奥の解体新書日雷

色出せぬ紫陽花の自己嫌悪かな

夏痩せて夢二の女にはなれず

青嵐ガンダムの四肢飛ぶ構へ
敦忌やト伝流を身につくる

機内映画の「００７」明易し

仙人掌の花美女に恋する野獣かな

聴診器に恋のざわめき鷗外忌
肝に汗かいてゐるなり捜し物

ジーパンを叩いて干すや山法師

郭公や富士の左稜に瘤三つ

夏休みウルトラマンのついて来る
浮いて来いみんな大きくなりにけり

雲の峰ベイブリッジの比翼かな

玉蜀黍の花E.T.と交信す

アイメイク苦手な魔女や時計草

数寄屋橋交差点夏蝶の迷子かな

ひとり言に夫の応へる吊忍

パセリ立てて子を喜ばすオムライス

青ざむる向日葵グレコのピエタかな

遠花火捨てられぬ文読み返す

喜寿傘寿ともに健やか夏の月

潤　五歳

始球式の子のサウスポー秋高し

愛は均等に運動会をかけもちす

秋晴やスカイツリーに母と立つ

空と海つなぎて夜の稲光

英恵と咲月

法師蟬数学を解く母子かな

特訓で直す音痴や蚯蚓鳴く

朝顔のつひの一輪団十郎

シャインマスカット心の若さ失はず

鏡文字器用に書く子秋澄めり

われからや声を失ふ人魚姫

十五夜や三人の子も家庭人

アルバムの還らざる日々秋の薔薇

秋の日にさらはれてゆく若さかな

吾亦紅ラストダンスは私と

爽やかにユニセフ大使ヘプバーン

龍生、建築を学ぶ

色鳥来ミラノ留学決まりけり

チェロのごと抱かれゆるりと黄落す

いとほしき雨の十月桜かな

大菊懸崖三百十四輪の水を欲る

色なき風かよふ孔雀のティアラかな

ハロウィーン銀座を魔女の闊歩せり

ひょんの笛一遍上人踊り出す

観覧車夜景に秋思炙り出す

紆余曲折ありて二人や落花生

江ノ電の軋みて止まる榠樝の実

秋夕焼影絵の町に灯がともる

朝寝坊の田園詩人小鳥来る

フラスコの夕爾の宇宙星月夜

この町にノーベル賞や水の秋

富士小春金婚式に乾杯す

鯉の背に瞬時の夢や冬紅葉

狛犬の阿吽ちぐはぐ神の留守

大仏の螺髪に遊ぶ霰かな

勤労感謝の日単身赴任の長き夫

来し方の悲喜こもごもや落葉踏む

成城連句会連衆と

秩父夜祭ＳＬ黒の気品かな

石蕗咲くや男衆の着る秩父縞

ゆつくり急ぐヘリコプターや日向ぼこ

植木屋の鋏冬の日早めけり

東京行に駆込み乗車冬の蠅

フレンチカンカン三本足の大根かな

童顔の宇宙飛行士冬麗

ＭＲＩ極月の脳笑ひけり

手編セーター肩に重みのありにけり

長生きせよと母よりペアのちゃんちゃんこ

空を蹴る太極拳や冬木立

ブロッコリーの森より大樹切り分くる

冬三日月おとがひ美しき観世音

梟の目つぶりてジャズ聴いてをり

蝦蛄葉仙人掌ネイルアートを競ひけり

手品師のポーカーフェイス年忘

しあはせのしつぽつかめりクリスマス

橇の鈴星をふやして駆けぬくる

初富士や一番星を輝かす

ほんのりと喜寿の紅はく福寿草

うるめ鰯ドライな恋の別れかな

男浪女浪ぶつかり合うて波の花

風神の呵々大笑や寒波来る

冬薔薇や人それぞれにある使命

アメイジング・グレイス七里ヶ浜の冬落暉

跋

「春燈」で〈万太郎研究会〉を発足させようという案が出たとき、中村嵐楓子さんから「若い人を入れようよ」との意見があり、いつも和やかで年齢より若く見える荒井慈さんに白羽の矢が立った。

その慈さんから、突然自分史として句集を編みたいと言ってきた。父上の三十一回忌を修し、令和四年には自分が八十歳に、母上は白寿を迎える年になる。この辺りで来し方を纏めてみたいとのこと。私も大いに賛成した。

十三詣母とわたりし渡月橋
手際よき母のバリカン麦の秋
相撲草大岡裁きの母ごころ
一枚起請文父に習ひし法然忌
住職のオルガンひびく花御堂

白蓮や法衣の父の在るごとし
天智天皇治めし民の野焼かな
近江富士俵藤太の大百足

こよなく愛し誇りに思っている近江で生まれ育った。父上は浄土宗の住職で、長女である慈さんは御両親の愛情のもと何不自由なく、すくすくと育ったに違いない。京都女子大学を卒業し、大成建設へ就職する。そこで出会った男性が現在の夫君である。結婚すると同時に、寺の娘からカトリック信者に替わる。その苦しみは尋常ではなかったろうが、夫君に従う気持は変わらなかった。

リラ冷えや胸にクルスのある安堵
聖地巡礼闘牛の血とイエスの血
空蟬やイエスの衣縫ひ目なし
原罪の闇に光や花ユッカ
皺深きマザー・テレサの日焼かな
凍蝶の懺悔の翅をたたみけり

洗礼名マリアをいただき、敬虔な信者として清く明るく、病んでいる人、困っている人には必ず「お祈りしていますよ」と声をかける慈さんの姿は印象的である。作品も自ずと誠実で芳潤な味となっている。

浮いて来いみんな大きくなりにけり
十五夜や三人の子も家庭人
ひとり言に夫の応へる吊忍
紆余曲折ありて二人や落花生
しあはせの二乗三乗八重桜
長生きせよと母よりペアのちやんちやんこ

海外での単身赴任の多かった夫君の留守を守り、三人の子供を育てあげて、来し方を思うと悲喜こもごもであろうが、二乗三乗のしあわせを感じている慈さんである。

蜃気楼貝の中からかぐや姫
パンジーの最大公約数は黄

標本の回心したる蝮かな
満月やジキル・ハイドの影重ね
目刺焼く昭和のままのサザエさん
敦忌やト伝流を身につくる
ひょんの笛一遍上人踊り出す
フレンチカンカン三本足の大根かな
吾亦紅ラストダンスは私と

佐藤信子さんが指導に当たる「早桃」の句会や吟行に参加してどんどん上達してきた。また、独特な視点で詠み、驚きと笑いに誘われたが、これは最初の指導者が成瀬櫻桃子主宰だったと聞き納得した。「何でも句になる」という主宰の言葉に、思ったこと感じたことを句にして来て、今の自分の俳句があるのだと言う。

青東風や文机に置く宗祇水
春の夢蕉翁と巻く歌仙かな
しぐるるや宗祇芭蕉の終焉記

よき旅の終りの髪を洗ひけり

「日本連句協会」の会長であった臼杵游児さんの連句の会で学んだことは大きな財産となっている。国民文化祭の連句部門に参加。「宗祇白河紀行連句賞」を二回も受けるなど活躍していたが、突然の游児さんの逝去に遭う。その上一緒に学んでいた仲間も次々と退き、連句はそこで終りとなるが、連衆を忘れないためにもと年賀状には毎年、歳旦三つ物を詠んでいるのだと言う。

しっかりと信仰心を持ち、八十歳を迎える慈さんのこれからが楽しみである。

万太郎忌ことばの芸の果てしなき

令和四年二月

三上程子

あとがき

旧約聖書のコヘレトに「時と人間の幸福」について「天の下のすべてのものには、その時期があり、すべての営みには、その時がある」と記されています。

このたび、句集『仙人掌の花』上梓の時を賜り、傘寿の良き記念となりました。

僧侶であった父の三十一回忌の六月十五日の朝、今まで咲いたことがなかった鉢植えの仙人掌が一輪、マーガレットのような可憐な白い花をつけました。

小学生の頃、算盤、アルファベット、オルガン、百人一首とたくさんの事を父に教わりました。

句集の上木への意欲をわきたたせるための父からのエールが、あの一輪の仙人掌の花であったと、有り難く思っています。

み仏の慈しみの一字で「めぐみ」という名をいただき、結婚を機にカトリックの洗礼を受け、クリスチャンとしての日々を生かされています。

俳句を詠むことで、自然と触れ合い、創造主である神と出会い、新しい自分を発見するのです。

師久保田万太郎の「俳句は着物の縫いとりのようなもので、表から見ると、美しい縫いとりも、裏側では糸が錯綜している。出来上った表から裏側の糸の広がりが想像できるような俳句でなければならない」という教えを心に深く刻み、これからも自分探しの俳句を楽しんで行きたいと願っています。

御指導下さった成瀬櫻桃子先生、鈴木榮子先生、安立公彦先生、佐藤信子様、松橋利雄様、中村嵐楓子様、臼杵游児宗匠、向笠和子先生、そして何から何までお世話下さった鎌倉句会の三上程子先生、浅木ノヱ様に深くお礼申し上げます。

人生のさまざまな出会いに感謝し、なつかしい方々にこの句集を捧げます。

感謝と祈りのうちに

令和四年三月十二日

荒井　慈

著者略歴

荒井　慈（あらい・めぐみ）

1942年　滋賀県生れ
1965年　京都女子大学英文学科卒
1994年　「春燈」入会
　　　　成瀬櫻桃子・鈴木榮子・安立公彦各主宰に師事

「春燈」同人・俳人協会会員

現住所　〒251-0861　神奈川県藤沢市大庭5682-8-5-302
TEL・FAX　0466-88-1386

句集　仙人掌の花　さぼてんのはな　春燈叢書第一九二輯

二〇二二年五月二九日　初版発行

著　者――荒井　慈

発行人――山岡喜美子

発行所――ふらんす堂

〒182-0002 東京都調布市仙川町一―一五―三八―二F

電　話――〇三（三三二六）九〇六一　FAX〇三（三三二六）六九一九

ホームページ　http://furansudo.com/　E-mail　info@furansudo.com

振　替――〇〇一七〇―一―一八四一七三

装　幀――君嶋真理子

印刷所――日本ハイコム㈱

製本所――㈱松　岳　社

定　価――本体二七〇〇円＋税

ISBN978-4-7814-1457-7　C0092　¥2700E